茶道史異聞

深澤忠孝

思潮社

茶道史異聞

深澤忠孝

思潮社

カバー写真（右上）＝唐物茶壺　銘　松花《しょうか》

北野大茶湯で使用された。珠光所持が信長に渡り、本能寺の変の際に、堀秀政が持ち出して秀吉の所蔵となったとされる。のちに尾張徳川家に伝えられた。（徳川美術館蔵）

カバー写真（中央）＝井戸茶碗　銘　信長

大名物。信長所持故に命名された井戸茶碗。秀吉にも渡った。（畠山記念館蔵）

目次

Ⅰ　武人たちの

Ⅱ　千家系譜抄

Ⅲ　茶室

Ⅳ　俳聖と閨秀

装幀＝思潮社装幀室

V　わが青春抄

茶道史異聞

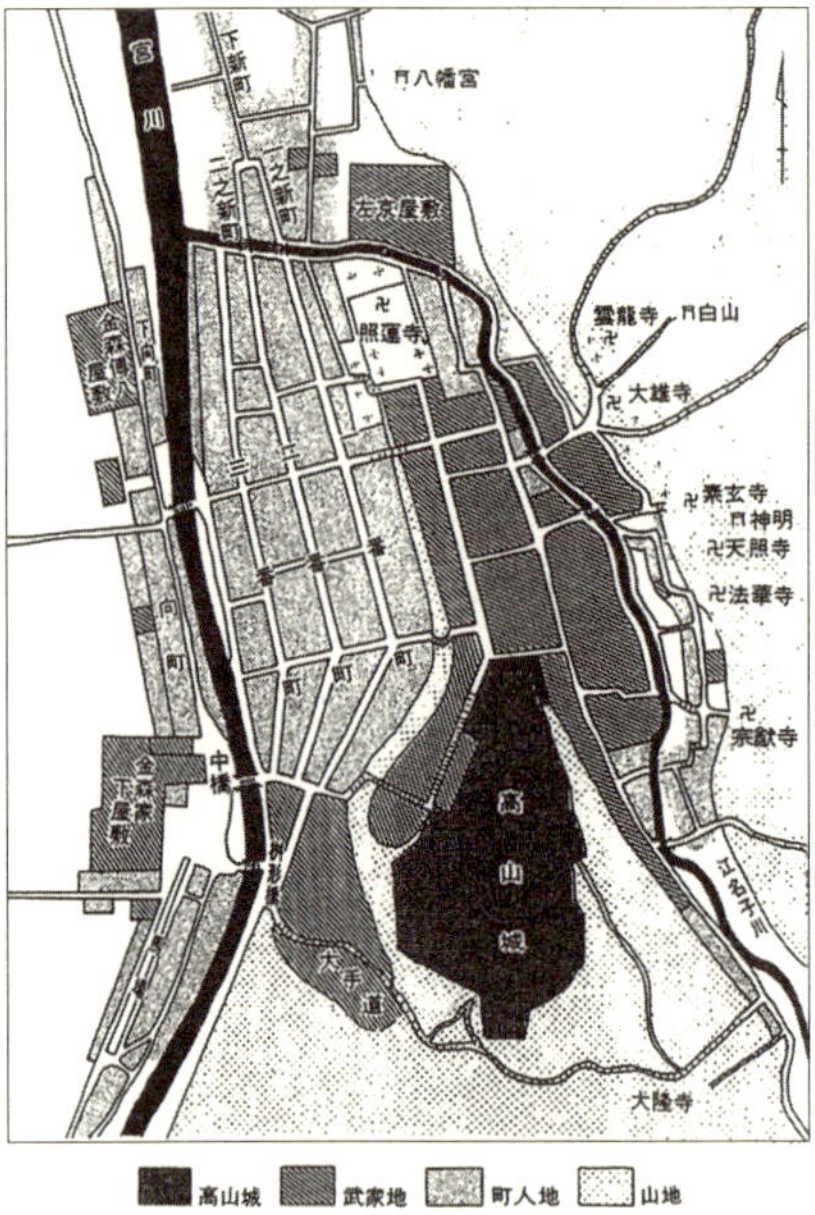

左　高山城下町配置図（金森時代末期の道路及び武家地、町人地、寺社）、右　金森宗和作、千利休像（天寧寺蔵）、2図とも『飛騨金森史』による

Ⅰ　武人たちの

無念　信長——紅蓮に消える

湯浅常山の『常山紀談』に　京入りした信長を　揶揄した記事がある　洗練された京料理の味は知らず　塩からい田舎料理が口に合うと

信長には　料理も茶の湯も　わが力こそが　すべてであった

力を盾に　茶道具の大名物を　片っ端から集めた　京や堺で　名物狩りを　何度もやった

軍資金の調達もその手で　応じなければ　即　焼き打ち　信長の意図は力のままに　その意のままに　一直線であった

信長の茶の湯は　「覇王の茶」といわれた「力の流儀」　茶頭は有名

であれば　誰でもよかった　何人でもよかった
故に　まず　京の第一人者不住庵梅雪　次いで堺の三人衆　今井宗久　千利休　津田宗及らを　据えていた

天正元年（一五七三）一月二十四日　上京《かみぎょう》　妙覚寺での茶会　道具は　大名物ばかりが　ずらりと並べられ　目も眩むばかりの　まさに「覇王の茶会」　のはじまり
しかし　力は　一瞬止まることがある　振り子も　一瞬　止まってからもどる　ように

・

天正十年（一五八二）五月二十四日　信長の重臣明智光秀は　愛宕山に参籠　愛宕権現に念願成就を祈願　二十七日　あの有名な「愛宕百韻」（連歌）を興行した　意味深長な　光秀の発句　行祐の脇　紹巴の第三も　何やら暗示的である

　時は今天が下なる五月哉　　光秀

水上まさる庭の夏山　行祐
花落つる流れの末をせきとめて　紹巴

それから　旬日を経ない六月一日　信長は　本能寺の書院で　名物披露を兼ねての　盛大な夜会を催した「九十九《つくも》」をはじめ　天下の大名物をまたもずらりと並べ　まさに天下の大展観
参会者みな　度胆を抜かれ　咄《はなし》は弾まなかった

やがて　数人ずつに分かれての茶事　点前は　もちろん堺の三人衆その他　今を時めく　茶頭の出番
終わって　嫡男信忠も加わっての　豪壮限りなき酒宴「さすがは覇王の茶会」とのことばが　飛び交った　信長は　自らの力と酒に酔い痴れ　満足しきって　上段の間で眠りについた
ことは　翌　未明に起こった　信長は　時ならぬ馬の嘶き　蹄の音に目覚めた

水色桔梗の幟がみえる　それを炬火に輝かせての　光秀の奇襲　その裏切りに気づいても　もう　遅かった　白の夜着のまま　弓取れば弓弦切れ　槍取れば柄が折れた
——もはやこれまで　火を放て　火を放て
自らは　殿中深く入って　自刃

信長の天下　大名物の数々「覇王の茶」のすべて
ごうごう　めらめら　ごうごう　の紅蓮とともに消えた

光秀と秀吉らとの戦い　山崎の合戦　とても合戦にはならず　光秀は敗走した　立ちはだかる農兵は蹴散らしたが　竹藪から突き出た槍は　避けきれなかった　横腹ぐさり
光秀の三日天下の終わり

春風　秀吉――侘助　一花

紫野　大徳寺総見院の侘助《わびすけ》は　樹齢四百余年　繰り返された戦乱　戦火をくぐり　今に　信長一族の墓を見下ろしている

天正十三年（一五八五）弥生五日　日暮れ　羽柴秀吉は　自ら寄進した総見院の「囲《かこ》い」で　大茶会で自席をつとめた快い疲れに身をまかせ　ゆかりの侘助を眺めていた
侘助の白に　夕陽が　ほのかに紅をさしていた

旬日なく　正二位　内大臣への叙任は　決っている　すぐ　西国平定に発つが　すべては勝算のみ
それを果したら　田舎くさい「羽柴」は捨てよう　公卿らの反発に

は「俺は昔　木下藤吉郎だったのだ　ぞ」と一喝しよう
関白　太政大臣も　そう遠くはない　と信じていた

旧主信長の「総見院泰岩宗安居士」の称号は立派だが　自刃後に
贈られたものだ　建勲神社では神様になったが　それは　明治にな
ってのことである
秀吉は　ひそかに　だが確かに期していた　信長殿は　もういない

「われこそが　キング　オブ　ジパング　否《いな》　キング　オブ　ア
ジア　だ」

廻る思い　光秀の惨憺たる最期　信長殿の大徳寺での葬儀　菩提の
総見院の寄進　賤ヶ岳の合戦　柴田勝家なぞは　手の内の内だっ
た　比類なき大城　大阪城　多くの「囲い」「山里丸」は利休が指
南　ついには　夢の「黄金の茶室」

疾風怒濤のあとには　喜怒哀楽につけても　一碗のみどりが望まれた
天正十五年（一五八七）十月一日　今日の　北野大茶会の大満足　「易（利休）に負けじ」　と自席をつとめての――

侘助が　しめった風にゆれる「赤い椿を」と命じたのに　古渓宗陳は「白の侘助を」　と言った
宗陳は　当代きっての傑僧　故に　総見院の開基
秀吉に　ふと　宗陳の座右銘「春風一陣」が浮かんだ

春風一陣　侘助がゆれ　一花が落ちた　その残像が　秀吉の裡に
いつまでも鮮かだった

飛騨高山──茶道の美学の町

高山市は　昭和六十一年（一九八六）十一月「金森公領四百年・市制五十周年」を機に「国際観光モデル地区」に指定（運輸大臣）され　市長は「国際観光都市宣言」をした　ずい分仰々しい話だが　確かに高山は　今に伝統文化が匂い　郷愁を誘う
飛騨の匠みは　古来聞こえていた　豊かな森林資源あってのことだが　磨きをかけたのは　初代金森長近《ながちか》の　茶道の美学であったといったい　金森氏は　文化芸術を愛好　尊重　奨励した　それが六代　百年以上続いた　自然に領民は　協調協力し　磨きあげてきた
長近は　信長・秀吉・家康　三代の英傑に仕え　戦っては　数々の戦功をあげた

一方　長近は　法印素玄を名乗る　熱心な仏徒　築城　城下経営の名手　情にも厚かった　茶の湯は　利休の直伝　千家の危機には利休が長男道安《どうあん》を匿《かくま》い　庇護した　大名茶人　古田織部とも親しかった　旧主信長が　茶道を政道としたように　長近もそうした二代可重《ありしげ》は　高山隠棲時代の道安に　直伝を受けた　そして稀なる道具の目きき　に成長していった　収集家ともなった

三代目を継ぐべき重近《しげちか》（宗和）は　大阪の陣への出陣を拒否　よって廃嫡されたが　これをバネにして　優美な「宗和流」を創出　祖となった　いずれも「茶道の美学　ならざるはなし」

長近が　初めて築城した越前大野城　とその城下　新たなわが領地に築城した高山城　両者は　本丸とした山（亀山・天神山）の必然の位置を除けば　ほとんど瓜二つである

城に近い武家地　外に広がる町人地　東の山裾に連なる寺町　それらが　整然と短冊型に配置され　そこへ山・川が取りこまれ　みんな相互に調和していて　美しい

六代頼旹《よりとき》が　上山《かみのやま》に転封になったのが元禄五年（一六九二）　高山城が破砕されたのが元禄八年（一六九五）　天領となると　町人町が広がり　町人が活気づいた　高山の町人文化の始まり　である　それが　成熟していった
その豪勢　洗練には驚く　代表は日下部家・吉島家であろう（両家とも　現在の建物は明治期の再建であるが）
今も「国際観光都市」をかかげる高山は　確かに美しい　しかし　すべてが　ずうっと　美しかったわけではない　昭和十四年（一九三九）五月　飛驒を旅したドイツの建築家　B・タウトは　こう書く

十七日　高山のN旅館は値段は高いくせに極めて平凡だ。（中略）顔を洗ひ髯を剃つてゐると、近くの便所からたまらない厠臭が漂つて来た。

町を散歩する。軒の突き出た屋根をもつ家々。（中略）川沿ひの貧しい家々、どの屋根にも押し石が載つてゐる。一軒の廃屋が腐れたままぐしやりと潰れてゐた。*

続いて「工芸品は一体にひどく貧弱である」「一番ひどいのは料理店だ。（中略）田舎くさい俗悪な建物である」と　高山の面目がまったくない「陣屋」をみてようやく　建築家らしい興味を示すタウトは　先に京都に滞在し　桂離宮をみて　誉めちぎっている高山では旅人　それも　急いで過ぎる旅人　タウトには茶の湯の知識が十分にはなかったようで　それゆえ　高山の基底に　茶道の美学があることなど　つゆ　気づかなかった　それも　一つの現実ではあった

曇った玉も　磨けばまた輝く　高山の今の輝きは　その後の人々の　努力によるに違いない

例えば　高山が原点ともいえる　茶道「宗和流」は　森本花文さん

らの努力によって守られ　伝えられている　他流がそれぞれに勢力を伸ばしてきている中で　守り　伝えていくのは　大変な努力である

花文さんから　時々　お手紙や資料をいただくが　そのたびに　高山も近代的便利さの追求　観光客誘致に力を入れるだけでは　伝統文化は守りきれない　と嘆かれもする

金森六代からの「茶道の美学」の匂う町　高山　茶道「宗和流」の原点の町　高山

それを毅然と守り続けている花文さんの姿勢は　頼もしく　頭がさがる　他にも　多くの「花文」さんがおられるのであろうが　その静かで地味な努力　持続こそ　と思う

高山城再建　の声も聞く　それは全く不要　鉄筋コンクリートで再建された城も全国には多いが　それで活性化した町や地域というのを　聞いたことがない　あっても　所詮は贋物だ

＊篠田英雄訳『日本美の再発見』（岩波書店）

金森長近——初代高山城主

金森長近は　信長に四十年も仕えた　信長の幼少時から本能寺の変
まで　うつけ　も　あやめ　も目のあたり　つぶさに見ていた
また　その人ゆえの戦いで　長男長則を失った
人の世の哀れと無情　ここに尽き　大徳寺に参禅　自らの金龍院を
建立した
茶は　利休直伝　茶と禅の修業三昧に　ひたすらつとめながらも
次なる天下人　秀吉に仕えねばならなかった

秀吉の命により　飛騨一国を平定　その国を与えられ　三万三千石
のささやかな大名　となった
ささやかでも　背景に「飛騨の匠《たくみ》」の技　豊かな森林資源　鉱山資

源があった
長近は　その技と資源を　築城や城下経営に生かした　根底に茶道の美学を据えて

長近は　ひとり茶会（独服）を好んだ　霰釜を愛し　天目を愛し
点前は優雅だが　客はいない
釈迦牟尼の軸の前で　ひたすら「直心ノ交ハリ」を望む　ひとり茶会　もう　うつけ　も　あやめ　も　こりごりだった

高山城の東西を　江名子川と宮川が　せんせんと北流している
東に飛騨山脈　西に白山とその前衛の山々　軒の低い屋根　突き出た廂　格子造りに代表される高山の町　近くには合掌造りの集落
短冊型の町の狭い路地に　観光客があふれている「国際観光都市」を宣言し　伝統文化の匂う町　郷愁を誘う町を謳う　全国に多いけばけばしい都市の中で　確かに　美しい

高山の文化は　長近の美意識と仏心と茶の心　それを支えた領民の
心が　風土と調和して　生きてきた歴史だ

ドイツの建築家　Ｂ・タウトは　また　こう書いている　今度は
べた褒めである

これはむしろスヰスか、さもなければスヰスの幻想だ。
背景に横たはる雪を帯びた連山が、この錯覚を強める。
（中略）
ただ水田があるので、やはり日本だと判る。*

高山の文化　風土の　世界性の発見　発信ではあったが　タウトは
長近の「茶道の美学」には　気づく由もなかった

＊　前掲『日本美の再発見』

金森宗和——茶道　宗和流の祖

金森重近は　高山藩三代目を継ぐべき人であったが　大阪の陣への出陣を拒否　廃嫡された　上洛　大徳寺に参禅しつつ茶の湯に励み　「宗和《そうわ》」の号を授かる　わび・さびに武人の気概をこめ　王朝憧憬の雅びを加味し　優雅なる「宗和流」をなす　世に「姫宗和」とうたわれた

祖父長近は　信長・秀吉・家康の三代に仕え　父可重は　二代将軍秀忠の茶頭もつとめた
長近と可重は　関ヶ原合戦　大阪の陣でも戦功数々　よって高山藩の石高は倍増　城も本城の他　古川　増島の二城を許された
しかし　三代目たるべき重近は　出陣を拒否して　廃嫡された　そ

れに　なぜか　重近の母は離縁され　高山を追われた
信長を「魔王　あるいは運命の人[*1]」というならば　父可重は　「小魔王」　重近と母は　「運命の人」

母のいない高山の　もがり笛とかざ花の季節　父の怒りをよそに
重近に吹く母恋いの風　母の里への郡上街道は　いつも吹き荒れていた　屋形の真ん中にある「囲《かこ》い」には　まだ　母の匂いが残っていた　その「囲い」での　重近の　決意の最後の茶会　ひとり茶会
慶長十九年（一六一四）師走十五日　夜

炉　　あられ釜
床　　定家卿　ほととぎす
花立　一重切り　白椿
茶碗　瀬戸天目
　　他　仕立てなし

熾《おき》の匂い　湯の妙なるたぎり　油皿じりじりと　最後の炎たて
闇　炉の熾に　釜　黒々と浮きあがり　さらに妙なるたぎり
天守の鯱《しゃち》　天心の月に輝き

　世上乱逆追討
耳に満つ　といへども　之を注せず
紅旗征戎　吾が事に非ず
……　説々　よるべからず[*2]

朗唱を繰り返す　重近の声はくぐもり　蒼白の露地を這った

重近は　母を伴って上洛した　大徳寺に参禅しつつ茶の湯を究め
宗和の号を授かる　御所八幡町の二階に棲むが　まだ　浪々たる浪
人は浪人
だが　宗和の茶道革命の美学　世に「姫宗和」と呼ばれた　茶道
「宗和流」は　着々　確実に　準備されていた

＊1　『飛驒金森史』
＊2　藤原定家『名月記』

利休堺屋敷趾（井戸）
（「一個人」No. 123 より）

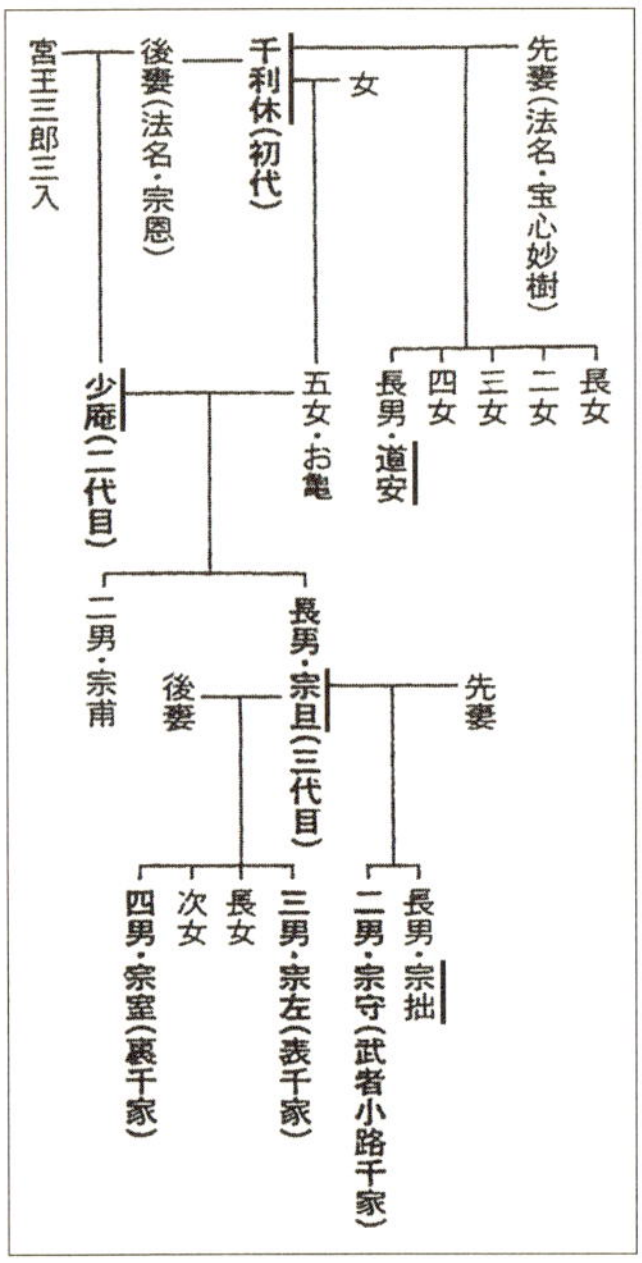

諸書を参考にして作成
（傍線、作品で扱った人物）

Ⅱ　千家系譜抄

千家　受難──利休の自刃

天を突く　姫路城や大阪城を造った男が　三畳や四畳半にこだわったのは　面白い
天下人秀吉の　狂気の夢「黄金の茶室」は三畳　これで　利休の精神は切り倒された　そして　運命は決定的になった

天正十九年（一五九一）如月十三日　利休は　堺屋敷蟄居を命じられた　その夜　淀の舟津はことさら暗く　川面を渡る風は　頬を刺した
利休七哲とか十哲　と言われた高弟たち　その茶の湯の天下一　宗匠の運命の下洛だというのに　見送りは　細川三斎　古田織部の二人のみ

利休には　とうに秀吉の意中が見えていた　舟中ですでに
すべての覚悟と手はず　を整えていた
さて　堺屋敷での最後の仕事　遺偈《ゆいげ》と辞世「譲り状」をしたため
ること　天正十九年（一五九一）如月二十五日　自刃の三日前

人生七十　（じんせい　しちじゅう）
力囲希咄　（りきい　きとつ）
吾這宝剣　（わが　このほうけん）
仏祖共殺　（そぶつ　ともにころす）

提《ひっさぐ》る我得具足《わがえぐそく》の一太刀《ひとつたち》　今此時ぞ天に抛《なげう》つ

共に深遠　難解な表現だが　両者とも　劇的な死を覚悟「一切を
超越した境地」を　気迫みなぎらせての表現
その底に　秀吉への精一杯　ぎりぎりの　強い抗議があることは

容易に読みとれる　しかし　真実は見えてこない　「茶道は政道」
と言ってみても　やはり　真実は見えてこない

『絵本　太閤記』に「利休　世を辞する図」という一ページがあ
る　聚落第　利休屋敷の「囲い」での　切腹　直後の図である　利
休は　まだ身を起こしているが　血が　黒々と流れている　点前座
の男は　手をあげ　振返って　何か叫んでいる
検使三人　多くの警固士が　周りを囲んでいる

介借で　すぐ首落とされて「囲い」はすでに血の海　妻　宗恩
は　まだ温い亡骸に　そっと　白の小袖を打ち掛けた　その白妙を
染めて血が流れ　時間が流れた
天に雷鳴　地に降る霰　大荒れの京の天　人心も　また
晴れて　一条戻り橋　曝し首
木像の磔刑　という前代未聞

千家の難の　波及を恐れた二人の大名が　二人の息子を匿《かくま》った　長男道安を　飛驒の金森法印長近が　二男（養子）少庵《しょうあん》を　会津の蒲生氏郷が

飛驒も会津も　北国　山国　雪国　道安も少庵も　それぞれの国の厳しい風土の生活に　耐えねばならなかった
兄弟は　耐えてひたすら　千家の再興を願った　であろうか
ともかく二人は　耐えに耐えねばならなかった

しかし　北国　山国　雪国の春そのままに　千家の春は　遠かった

漂泊　道安――利休が長男

悲劇の舞台は　泉州　堺に移ろうとしていた

道安は　迫る千家の危機を　きちんと読んでいた　覚悟のひとり茶
会のあと　風のように身を隠した
その　みごとな身ごなしを「さすがは　天下一の跡目」と　堺の
人たちは　海からの風の中で　密かに　ささやきあっていた

金森法印長近によって　飛騨国高山に　深々と庇護された後　道安
の行方は　杳として　分からなくなった
阿波の蜂須賀家　豊前の細川家　……　はてに　噂は　琉球説まで
飛び交った

天下人秀吉は　よく　天外なことを考えた
　秀――大仏の前で　一席持つとすれば　たれか
　利――それは　仵　道安をおいては　ありませぬ
と　利休に言わしめた人も　今は漂泊　流浪の身　その道々が安らかに　とはいかなかった

許され　召されて　一時　秀吉の茶頭もつとめたが　道安の茶のこころは「直心」を離れなかった
秀吉の死　妻の死　義母宗恩の死　とうち続き――　天下を分けた関ヶ原からは　家康が天下をとった　道安は　また新しい運命を予感していた

義弟少庵は　すでに　家康にかかえられていた
側室　十七人などという狂気　新しい天下人の傍若無人
道安は　大徳寺に参禅しても　心おだやかではなかった　ならば

篠掛の衣を身にと　南海　鎮西　と下向した
関ヶ原から十二年　家康　征夷大将軍になって五年
慶長十二年（一六〇七）四月十七日　道安　豊前国宇佐郡水崎村に死す　享年六十二歳　太宰府崇福寺に葬らる
後　大徳寺聚光院に移葬　さらに　堺　南宗寺塔頭海眼庵へ　そしてようやく　南宗寺の千家一族の　五輪の塔の列へ
道安は　墓さえ漂泊した

雅号　眠翁　しかし　安らかな眠りなどはなく
茶号　道安　その道程は　屈折と凹凸ばかり
子なし道安　その茶流　宗和流　石州流に　ほそぼそ流れるが――

道安を語る茶人も武人も　絶えて久しい

会津の少庵——利休が二男（養子）

会津は　神話以来　人と人とが出会うところ
少庵は　鯰尾の兜の雄将　蒲生氏郷に庇護されて　ここへ来た　北国　雪国の　厳しい風土の　馴れない土地　少庵の会津の三年は
不自由と不安に耐えながらの　焦燥の連続であった　運命のカード
は　すべて　秀吉の手中にあった

氏郷は　利休七哲の筆頭（諸説あり）であったが　会津時代は波立ち激しく　少庵との茶席も「茶の湯の本意」には　ほど遠かった「茶室を作ろう」氏郷が　少庵にこう言ったのは　居城大改修の時であった

だが　氏郷は間もなく　朝鮮の役で　鎮西名護屋へ　少庵は　いき
おい　普請奉行ともなった
時々は　天主台にも登ってみた　盆地をめぐる山々の　高さ　深
さ　北の風土のスケール　厳しさ　堺や京とは　まるで違う
ああ　ここは北国　会津だ　と嘆息することも　しばしばだった

会津は　いわゆる東北ではない　日本海に直結し　そこから越《こし》や
京　畿内に繋がっている　とりわけ　氏郷の入城以来　この結びつ
きを深くした
東山があり　湖があり　仏教文化があり　天寧寺があり　祇園祭り
があり　木地屋があり　漆があり　窯もある
氏郷の領地経営には　力があり　生活の美学もあった

会津の春は　城の雪解けから始まる　朱の橋袂の茶の花は　いつま
でも咲き残り　椿坂の椿の蕾は　いつまでも固い　飯豊《いいで》権現の雪
は　夏まで残る

夏は　柿の白い壺が降って始まる　紫色に桐が咲き　やがて　鈴を振る
秋は　七草模様　芒は　赤から黄金へ　さらに白い尾花となった頃　飯豊や磐梯の峰々に　雪が来る
冬は　時雨に始まり　間もなく根雪　白一色の中で　蛇の目傘　雪山紬を着たひとが　美しい
少庵は　折々の　そんな風情は愛でたが　足元は　覚束なかった

茶室「麟閣《りんかく》」は　気品よく完成した　風土とも　よく調和した
庵開き　初炉　口切りの目出度さの直後　「楽家」の当主が　赦免状を携えて　やって来た
氏郷　家康の　力と配慮　あってのことであった
少庵は　早馬を仕立てて　会津を発った
氏郷は　伏見の屋敷に　下血を病み　臥せっていた　少庵は　太閤への挨拶もそこそこ　その枕頭に駈けつけた

氏郷の意識　すでになく　少庵の無念は　底知れなかった
太閤は　名医を遣してきたが　もう遅かった　もう術がなかった
鯰尾の兜の雄将　築城　城下経営　茶の湯の名手　キリシタン大名
レオンは　四十を一期として死んだ

少庵の胸には　氏郷の能を恐れた者の　毒殺か暗殺　という思いが
激しく　いつまでも蠢いていた

乞食宗旦――利休が孫　三千家の祖

「茶道史異聞」は　利休――古田織部――小堀遠州――金森宗和
これが　もう一つの道統だ　と語る　わび　草庵から少しずつ離
れ　花咲かせた　雅びの系譜である
この間　約八十年　ほぼ二十年区切り
利休が孫　宗旦と金森宗和は　ほぼ　同時期を生きた
宗和流は　「きれいさび」「姫宗和」とも呼ばれ　堂上公家に愛さ
れた

「乞食宗旦」と「姫宗和」は　対比されての呼び名らしい
宗旦は　自ら托鉢することもあったが　それは　その日の糧を　と
いうような托鉢ではなかった　どこまでも祖父利休の「わび」を

究めての修業生活の姿勢であった　因みに　宗旦が　初めて作った茶室「不審庵」は　草庵ふうの一畳半　利休の「待庵」に倣ってのことであった

京　五山の一寺　臨済宗の大本山相国寺　鐘楼の傍らに「宗旦稲荷」がある　二層の堂々たる鐘楼に比べれば　余りにも小さいが　朱の鳥居は　一際鮮かで　眼に染みる　社前の両侍の狐像は　毅然たる風格をもっている　左は経巻　右は玉をくわえている　いつも赤い涎掛をしているのは　今も　生きて信仰されている証しだ

宗旦稲荷の由来が面白い
　相国寺境内に　老狐が棲みついていた　宗旦は　塔頭　慈照院七世の依頼で　茶室「頤神庵《いしんあん》」を造立した
　その庵開きに　宗旦が遅刻したために　老狐が　宗旦に化けて　点前した　という　また　長い間　参詣客に　茶を振舞って

いた　という

宗旦稲荷は　その老狐の霊を祀っている

老狐は　宗旦に化けた
狐が化けるのは　普通には　女である　その代表ともいえる「狐女房」の伝説が　なつかしい
相国寺の老狐は　宗旦に化け　宗旦を助けた
この伝説は「宗旦狐」他として　狂言や小説にもなっている

「乞食宗旦」は　宗旦の痩せ我慢　とみる向きもあるが　そこには宗旦の茶　茶の姿勢への大いなる共感があった　はずである　わび・さびに徹して「茶禅一味」やがて「和敬清寂」それが「乞食宗旦」の茶の湯　であった

京　寺町通りの北はずれ　万松山天寧寺は　奥州会津に創建されここに移された　今は小さい寺だが　後水尾天皇　東福門院二人の

念持仏を持つ名刹　宗和流　姫宗和ゆかりの寺　金森宗和とその母
の墓　二基の五輪塔がある　一族のそれとは離れて　ひっそりと
ここに「卍《まんじ》　稲荷」がある　こちらの狐は　白狐である
参道が　宗旦稲荷よりはるかに長く　鳥居や幟旗が沢山あって　華
やか　賑やかである
華やか　賑やかは　乞食宗旦のものではない

宗旦は　千家の三代目　千家を再興して　三千家を立てた　三千家
の興隆は周知の通り　特に「裏千家」は　世界を席捲している
宗和は　高山藩三代目を継ぐべきだった人　廃嫡されて茶人となり
宗和流を立てた　宗和流　姫宗和は今　飛騨高山や金沢に　ほそぼ
そ受継がれている　にすぎないが——

千宗拙——宗旦が長男

宗旦は　三人の息子に　それぞれ一家　つまり　「三千家」を立てさせた
宗旦には　もう一人の息子がいた　それも長男　先妻の子（連れ子とも）といわれるが　長男は長男だ
三人の弟の華やぎをよそに　宗拙《そうせつ》は　系譜に記されないこともある
「宗拙」という茶号も　いささか気になる
宗拙は　「意欲を示さなかったために勘当され」*ともいわれるが
茶の道を　特に嫌ったわけでもなさそう　一時　加賀前田家に出仕していたし　みごとな　共筒の茶杓なども残している
しかし　何ゆえにか　前田家を辞し　京に戻って　浪々の身を曝していた

代って前田家に仕えたのは　金森宗和の子　七之助であった

本阿弥光悦は　北山　鷹が峰に　文化郷を作って十年　この逸材に
目をつけ　大いに肩入れした　宗拙の人を惜しんで　世話を惜しま
なかった
江戸帰りの名医　野間玄琢も力を貸した　宗拙は　玄琢の薬草園を
手伝いながら　日を送っていた
玄琢の死後　宗拙は　北山の正伝寺瑞泉庵に寄遇したが　これも光
悦と玄琢の力　あってのことであろう

瑞泉庵での孤独は　宗拙の人と茶の湯を　深く　豊かにした
北山の寒さには　北国加賀での生活が　大いに生きた　茶の湯の北
方性の実践　ともなった
しかし　遂に　一家一流は立てず　慶安五年（一六五二）五月六日
瑞泉庵に歿す　享年　不詳　父宗旦に先だつ　六年の逆縁
宗旦の　勘当したゆえの負い目は　深かった　同月十六日　弟たち

に　こう書き送っている
「宗拙　去六日ニ　死去候　絶二言語一事候　閑翁宗拙候（略）」

宗拙の　位牌と墓を確認した　という人の本[*2]を読んで　びっくりして　急遽　京都へ行った　盆地は底冷え　北山の谷も寒かった
正伝寺は今　方丈と庫裡が往時を偲ばせるだけだが　廃仏棄釈以前は　大伽藍を有していたという
方丈は　入母屋　柿葺《こけらぶ》き　大きな御殿造りで　谷を圧している　屋根の曲線　柱や梁の直線との対応　白壁との調和が美しい　伏見城の建物を移したもの　という
再建された山門　鐘楼等も　今は　北山の谷に溶けこんでいる
方丈の広縁は明るく　比叡山を借景として広がる枯山水庭園が　まぶしい　主役は　白砂と丸く苅り込まれた躑躅の点々　白壁の築地　それらの対話と調和が　美しい　優しく　心安らぐ

位牌は　台座付だが　木製の　質素なものだ

「閑翁宗拙禅定門位」
拝して　救われた思いがした

墓は　方丈から下って　西賀茂霊園手前の　そう広くない空地に
二十基ほどある中の一基　小さい墓石である
「千宗旦長男　千宗拙の墓」
という標柱がなければ　とても見つけられない　大徳寺聚光院の
巨大な利休の墓　堺　南宗寺の　千家一族の五輪塔群列の　賑々し
さに比して　あまりに寂しい　哀れ　を覚えた　　　　　　合掌
寒い　しんしんと身が冷える　供えたワンカップを下げて戴き　耐
えて　しばらくたたずんだ

不愉快なのは　すぐ上にあるゴルフ場だった　ゴルファーがざわざ
わ行き過ぎる　ミスショットのボールが　飛んでくることがあるか
もしれない　わび　さびの美学どころではない
「閑翁」の号のままに「閑《しず》」かに眠ってなど　とてもいられない

冷たい風に　枯葉が動く　孤独の寂しさ　ここに尽きる　という感じであった

涙が　出た

＊1　千宗屋『茶——利休と今をつなぐ』

＊2　井ノ部康之『利休その後——三千家のルーツをたずねて』

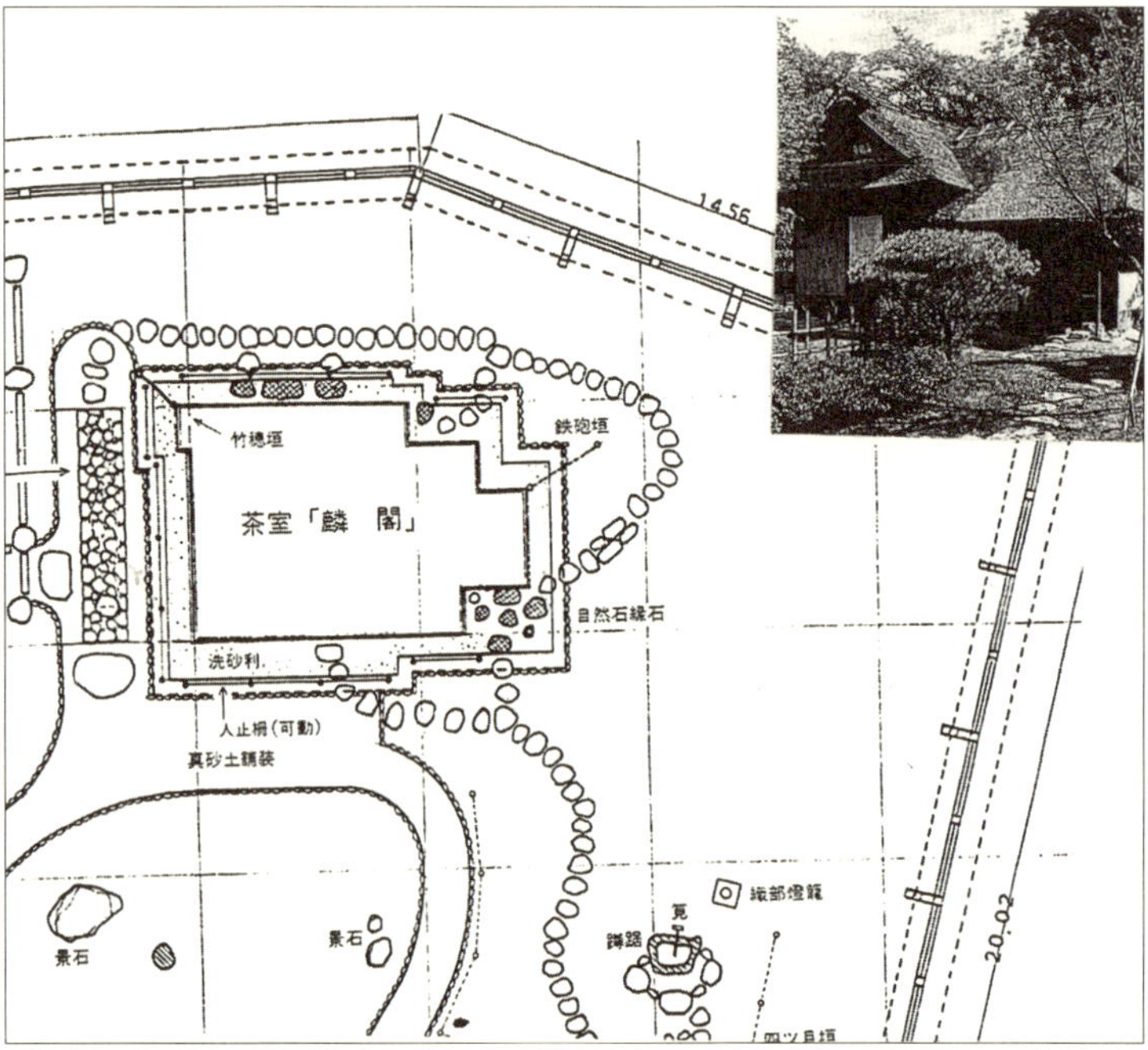

「麟閣」露地庭整備工事図（資料 No. 4）部分
「麟閣」パンフレット（2 図とも、会津若松市観光公社）

Ⅲ 茶室

茶室へ

露地は　浮世の外の道　と利休は教えた
それは　茶室にしか届かない　道

潜《くぐ》り　という装置を抜け
飛び石を　ひとつずつ踏みすすむ

すすむごとに　浮世は後ずさり
聖なる劇場が　せりあがる

蹲踞《つくばい》という仕掛で　すべての塵を払い
飛び石の終わり　沓脱石《くつぬぎいし》の上　聖劇場の入口立つ

阿吽《あうん》の呼吸を計り　躙《にじ》り口より　躙り入る
薄暗く　濃密な空気満ちた　完璧な宇宙
一瞬　主　客の心　共感し　共鳴する　そして
ぎりぎりの所作で　主　客は　求道者となる

茶室 (一)

1

それは　草　木　竹　土　石等で
囲われた空間　躙り口　という口
開く　仄暗く　湿った　柔かい洞
窟　主　客が　静々と演技する
最小の空間　もてなしと　求道の
こころ　交錯する　聖なる劇場

2

主　客のドラマは　いつも　一期
一会　極限の空間で演じられる
神秘の　だが　約束された儀式
例えば　一畳台目は　主　客と
最少の道具でも　一杯であるが
演技の工夫で　無辺の舞台となる
主は　座して点前し　客は　座し
て押し戴く　一瞬　主　客の気流
が　烈しく　スパークする

3

堂上も僧も神官も　大名も武家も
町人も　時には　浪々の浪人も

茶事は　不平等のなかの　完璧な
る平等
茶事は　極限の　不自由な空間で
の自由
茶事は　常に　確かな　一時の平
和　利休は　茶事とは「ただ湯
をわかし　茶をたてて　のむばか
り」と　いった　が

4

利休作と　信じられる　唯一の遺
構妙喜《みょうき》庵待庵《あんたいあん》は　二畳　床まで塗
り込めて　まさに　洞窟　利休の
完璧なる抒情詩　利休は　茶事は
「直心の交はり」こそ　と教えた

待庵の　初客は　誰であったか
利休は　抒情詩の先に　たしかに
叙事詩を志向していたから　切に
知りたい

茶室（二）

天を突く安土城をたてた男も　大阪城をたてた男も
ことさら茶室にこだわった　のはおもしろい
書院広間から四畳半や三畳　ついには一畳半

聳える天主や城郭とは裏腹の　くぐもりの空間
市井ならぬ城中の陰　であったのか
ならば　刀も槍も鉄砲も無用の長物であった

茶室の構造は行動規制の神話　躙り口の象徴性
躙り入り躙り寄る極小の空間　の陶酔感覚
湿った空気の中で　燠が匂い　炭が匂う

公家　僧　神官　武家　金満の市井人……
「茶の湯政道」とは言わずとも　茶に身を入れた人たち
なにごとにも　茶の一服こそ　と信じた人たちの宇宙

麟閣——会津　千少庵ゆかり

蒲生氏郷と千少庵　ゆかりの茶室　麟閣　かたみの茶室　麟閣　丁
字型　入母屋造り　三畳台目　下座床に鎖の間　赤松　皮付きの床
柱が　一際　異彩を放つ　茅葺屋根の重厚さには　比類がない
戊辰戦争にも奇跡的に残り　森川家に引取られ　守られてきた
それが　平成二年（一九九〇）十月　会津若松市制百十年を機に　旧
本丸跡に　再移築された

移築　修復中ときいて　会津へ行った　本体は　すでに完成してい
て　露地　植栽等の整備中であった　観光公社で少し話をきき　図
面等を貰った
ぐるぐるめぐって　覗く程度ではあったが　内部も見ることができ

た　会津まで来た甲斐があった
麟閣とは　凄い庵名である　「麟」は「麒麟」の麟　麒麟は　聖人君子が出現する時に現れる　中国の想像上の動物である　ご存知　キリンビールの　あのレッテルである
頭は鹿　角一本　後半身は牛　足は馬　蹄は七色に輝き　千里を駈ける　という　また　漢の武帝は「麒麟閣」なるものを建てたもとより　武と権力の象徴であった　ともあれ「麟閣」とは　それほどに政治的意味を持つ名である　命名は　当然氏郷　武帝にあやかってのことであろう　か

会津に　千家茶道を持ちこみ　流布　定着させたのは　氏郷である
芦名時代にも　東山流　奈良流等はあったらしいが　まだ　茶道自体が　大成されていなかった　そこへ氏郷は　千家流を伝えた
氏郷は　豪勇　戦略　戦術　またなき武人　茶の湯は　利休直伝
利休七哲の筆頭者（諸説あり）　利休は　氏郷を「文武両道の総大

将」と言った
千家の危機には　二男少庵を庇護　会津に匿《かくま》った
氏郷　家康らの努力で　少庵が赦免され　京に戻った時　氏郷は
伏見の屋敷に臥せっていた　そして　四十を一期にして　死んだ
大徳寺昌桂院に葬られ　会津には　遺髪が送られた　息　二代目秀
行は　翌年　御霊屋を建て　後　興徳寺に五輪塔の墓も建てた
　昌桂院殿高岩忠公大禅定門

傍らに　辞世の歌碑もある
　限りあれば　吹かねど花は散るものを
　心短かき春の山風
オレは　若死にするかも知れない　と予言している　ような歌だ
また　氏郷は　敬虔なキリスト者だった　と言われる　洗礼名　レ
オン

レオンは　臨終には　聖像を枕頭にかかげ　懺悔して　天国の快楽
と幸福を信じて　昇天した　と言われるのだが――

完成を急いでいる　麟閣の工事場を離れて　大鼓門の方へ歩いた
振り返ると　あわただしく動く職人たちをよそに　麟閣の屋根に
氏郷と少庵の幻が　くっきり　立っていた　静かに　動かずに

少庵の死は　氏郷のそれから二十年後　享年六十九歳　であった

蘿月庵——白河　松平定信ゆかり

松平定信（一七五八～一八二九）は　徳川三卿の一家　田安宗武の三男　八代将軍　吉宗の孫にあたる
白河藩主　松平定邦の養子となり　白河藩主
出仕して　老中筆頭　将軍補佐となり　寛政の改革を断行した
敏腕　理想派の政治家　同時に風雅　文雅を愛し　広く　深い教養も備えていた

「蘿月庵《らげつあん》」は　定信ゆかりの茶室　臣下が城下に造営した時　定信は熱心に指導した　命名も定信　何度かの移設を経て　今　南湖神社の参道脇の　高みにある
南湖神社の祭神は　定信　つまり　定信は　カミサマである　立烏

帽子に帯刀　カミサマの銅像が　社頭に建っており　南湖公園を見
下ろしている

老中職を解かれたのは　寛政五年（一七九三）三月　すぐに『集古十種』の資料収集　自伝『宇下人言』　随筆『花月草紙』　茶書等の執筆にかかっている
翌年　谷文晁らをつれて帰藩　藩政と執筆に専念した

『茶事掟』　寛政六年（一七九四）五月
『茶道訓』　寛政七年五月　この年「蘿月庵」完成

白河　松平家の茶道は　遠州流の「綺麗さび」であったが　定信は華美を排した「古雅風流をもととし、簡易質素を示すは、茶の道なりけり」（『茶道訓』）と教えている
蘿月庵は　一時　荒れたこともあったらしいが　その後ここに移設され「簡易質素」に徹して　寂然と立っている

「蘿月」とは　蔦を通してみる月　である　創建時は　蔦をからませていたのだろうが　今はない　月をみる角度も　狭くなっている

初穂料三百円を奉納すれば　カミサマの茶室が拝める
　寄せ棟　茅葺き　躙り口はない
三畳台目　炉　向う切り
塗りごめ床　床前に細く　狭い板敷
床柱は　杉　中柱は　百日紅《さるすべり》
太鼓襖が　「道安囲い」　ふうになっている

定信は　自らの茶の根底に　「五常五倫」を据えていた　カミサマにしては　いかにも中国ふうだが　「南湖」も　李白詩「南湖秋水夜無煙」によっている　白河は　那須颪しの厳しいところ　李白詩の　「江南」ののどかさはない
理想派　敏腕　風雅　文雅の政治家　定信の晩年は　波立っていた

嗣子　定永が　桑名に移封されたり　文政十二年（一八二九）十二月の江戸大火では　上・中・下屋敷　浴恩園も失い　兄を頼って　伊予松山藩江戸屋敷に身を寄せ　そこに死す　享年七十二歳

幕末　白河藩は藩主不在　それ故　戊辰戦争では　恰好の戦場とされた　維新では「白河以北　一山三文」の　侮蔑にも晒された「蘿月庵」は　辛うじて残り　何度かの移設を経て　ここへ定信は晩年　風雅　文雅を悠々と　とはいかなかったが　その政治と風雅のかたちを　南湖公園と蘿月庵　他に残した

なお　定信を　カミサマにするのに力を貸したのは　渋沢栄一であった

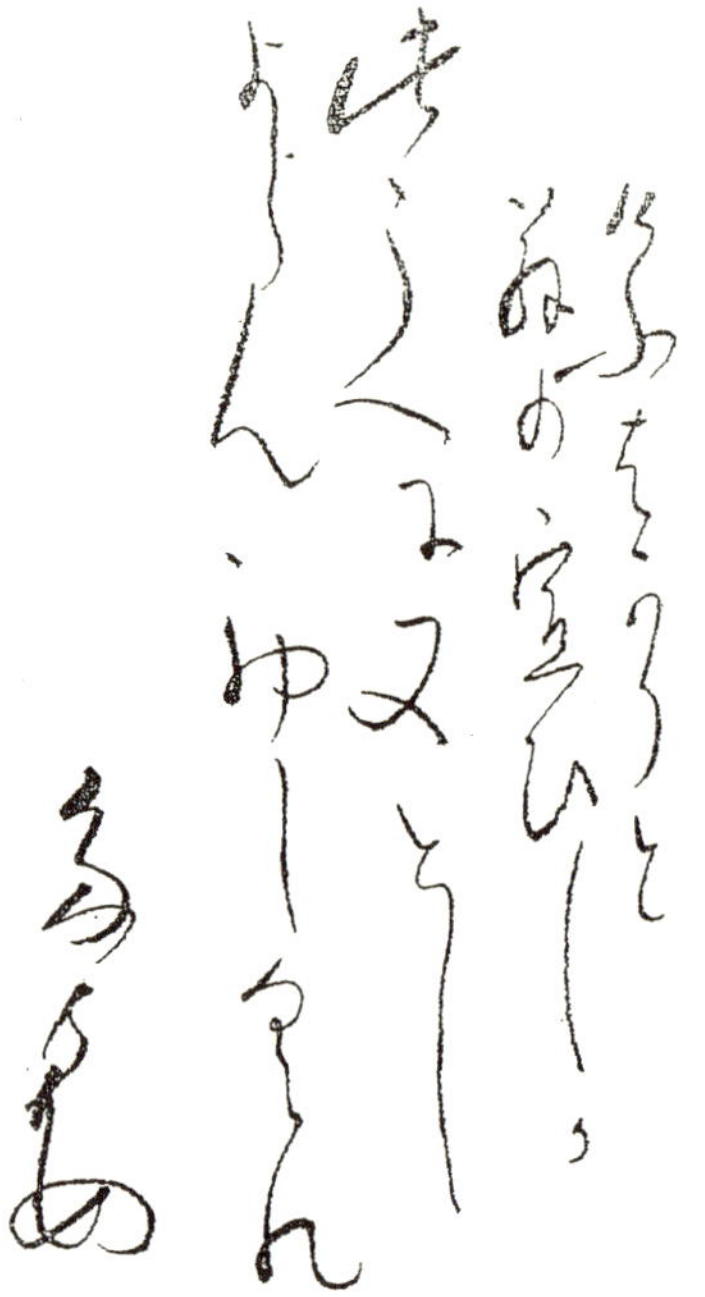

けふばかりと
翁の宣ひしか
此のうへに又とし
よらん初しぐれ
多代女

『たよ女全集』中扉

多代女念持芭蕉像
（大田三郎『東奥紀聞』）

Ⅳ　俳聖と閨秀

堺の庭——芭蕉は見ていた

堺の利休屋敷跡には　今　井戸が　ぽつんとあるだけだ　松島の景
に擬したという茶庭も　もちろん　ない
埋め立てられて　海も遠のいた　火力発電所　コンビナート　関西
国際空港　巨大なお化けばかりが並んでいる
遠のき　消えたのは　海だけではない　利休の茶の美学　わびの精
神もだ

支梁亭　口切り
口切りに堺の庭ぞなつかしき　芭蕉
筍《たけのこ》見たき藪の初霜　支梁

支梁亭は　江戸湾　大川に近く　深川芭蕉庵には　なお近い　小名《おな》
木川《ぎがわ》筋　海鳴りが聞こえ　潮の香もするところにあった
芭蕉は「口切りは　柚の色づく頃」と教えていた
支梁亭の庭に　柚の木はあったろうか「利休垣」はあったろうか

芭蕉庵跡から　支梁亭跡をさがして　小名木川筋を歩いた　かつて
勤めた地の近くなので　土地勘はあるつもりだったが　発見できな
かった　江戸湾　東京湾も　どんどん埋め立てられて　新しい島や
町が　いくつもできた　こちらにも　火力発電所　コンビナート
重工業　東にディズニーランド　南に羽田空港の埋め立て拡張
支梁亭が姿を消したのも　当然と思われた

空しく帰ったわけではない『四谷怪談』ゆかり　将軍吉宗の鷹狩
の道　霊岸寺の松平定信の墓　隣りの清澄庭園は見た　その回遊式
林泉は「堺の庭」の　到底及ばない贅沢さであった

宗左の庭——蕪村は歩いた

春の夜や宗左の庭を歩行《あるき》けり　　蕪村

表千家は　代々「宗左」を名のり　「不審庵」他を継いだ　蕪村の時代は　八代目宗左　啐啄斎《そつたくさい》のはずである

天明期は　飢饉をはじめ　災害が多かった　天明八年（一七八八）一月京の大火では　千家も全焼した　蕪村が歩いた　というのは　焼失前の庭であろう

表千家の庭は　ずい分手がこんでいる　点雪堂　残月亭　不審庵を荘厳する庭の　極限の工夫からであろう

表千家の庭は二つに分れているのが特徴、外露地の腰掛けから中潜りに入ると、門にくぐり口がある。この形式は珍しく、亭主はこの中潜りまで迎えに出る。

飛石伝いにさらに入ると、左右に分れる道がある。萱門を通ると、点雪堂に出る。ここに利休の木像がまつってある。

中潜りを通って左へ入ると、梅見門があり、左側に有名な残月亭がある。（中略）梅見門を入って進むと、右側に内腰掛があり、砂雪隠がある。その突当りに不審庵がある。*

複雑な庭の様子を　うまく説明しているが　茶庭に必須の　蹲踞や植生等には　触れていない　特に　不審庵の蹲踞は　歴史を感じさせるものなので　ぜひ　一言はほしいところ　あの丸みをおびた妙《たえ》なる形に　苔が　びっしり生えている　苔の間から　歯朶も生えている　画家でもあった蕪村が　眼をとめないはずはない
それにしても不思議なのは　千家の道統である

初代利休に　先妻　後妻があり　他に「女」もあり　三代目宗旦に
も　先妻　後妻があったという　その　せいなのだろうか
利休が長男　道安の系譜は　とうに絶えていた　千家を継いだのは
二男（養子）少庵　その子が三代目宗旦　宗旦には　四人の男子が
あった
長男宗拙は　茶統は継がず　一家も立てず　浪々に身を任せた
二男宗守は　分家する形で　武者小路千家
三男宗左は　不審庵他を継いで　表千家
四男宗室は　今日庵他を継いで　裏千家

蕪村が　宗左に招かれたのは　夜咄《よばなし》の会でもあろうか　蕪村は　烏
丸に住んでいたから　表千家までは大した距離ではない　蕪村は別
に「落日庵」「夜半亭」と号したくらいだから　日暮れや夜は好み
であったかもしれない　「手燭して庭ふむ人や春おしむ」　の句もあ
る　冒頭の引用句は　「炉ふさぎ」に近い頃であろうが　蕪村の茶
事に関する句は　「炉開き」「口切り」が　圧倒的に多い

炉開きや雪中庵[*2]のあられ釜
炉開きや裏町かけて角屋しき

口切りや五山衆なんどほのめきて
口切りや梢ゆかしき塀どなり

絵と書は　俳諧を嗜む者には必須であった　加えて　茶人を「俳諧師」といったこともあるほどで　茶の湯　また　必須であった

＊1　『茶の湯』（読売新聞社）
＊2　服部嵐雪の庵

土焼の利休――一茶は祭った

一茶の発句は約二万　芭蕉の約一千　蕪村の約三千に比して　驚異的である
一茶の二万の中に　「土焼の利休」二句　土人形一句がある

土焼の利休祭りや枇杷の花　　一茶
土焼の利休の前へ柚《ゆ》みそ哉　　同

一茶は　はるかな利休を　深く敬慕していた　「枇杷の花」を飾り　「柚《ゆ》みそ」を供える　いかにも一茶らしい　「利休の祭り」である　また　一茶は　芭蕉をも敬慕していた　こちらにも　一茶らしい　「ばせをの祭り」があった

霜花もばせを祭りのもやう哉　一茶
ばせを翁の像と二人やはつ時雨　同

「一茶」という俳号は「一服の茶」ということであろうか
一茶は　茶の嗜みが深かった　茶の湯に関する句が　かなりある
江戸で　よく寄遇した本行寺には　俳庵と茶室があった　死んでも
恋人だった「織本花嬌」は　茶人と呼ばれてもいい人だった

蝶々のふはりととんだ茶釜かな　一茶

これを　花嬌との茶席　と読むと　にわかに艶しくなる　とても田
舎蕉風「葛飾派」とは思えぬ　優雅さである
北信濃は　今も　土人形が生きている　土地である　どびな　ど人
形　べと人形　などと呼ばれて　生き生きと　生きている

制作には　大変手がかかる　数年がかりの仕事である　土採り　寝かせ　型ぬき（表裏別）　型あわせ　乾燥　焼き　一年おいて絵付でようやく完成する

農業や民俗の研究家　大蔵永常は　こう書いている

貧家にては、土人形ばかり飾れり。三月前になれば、いかなる貧家にても女子は親にすがりて、雛を求めてくれよとせがむ也。この土人形を求めてあたへぬれば、風呂敷など箱にうちかけ、飾りて悦《よろこ》ぶこと限りなし。*

貧富はともあれ　この風情は　いかにも懐かしいし　貴重である

二ツ子にいふ

這へ笑へ二つになるぞけさからは　一茶

しかし　この愛娘「さと」は　早逝した　「雛を求めてくれよ」
とも言えずに――

土人形の制作者は　北信濃にも　もう何人かしかいなくて　入手困難　購入は予約制　注文制　注文者は　圧倒的に関西の人たちだという

北信濃の土人形のふるさとは　京　伏見だというから　土人形の一部は　故郷帰りをしているわけだ

伏見の「桃」　雛祭りにふさわしい　春の風情の　伏見の「桃」

我が衣《きぬ》にふしみの桃の雫せよ　芭蕉
ふしみ野や桃なき家もなつかしき　一茶

芭蕉の句　一茶の句ともなつかしいが　とどめは　次の一茶の句であろう

土焼の姉様《あねさま》売れる春の雨　　一茶

一茶は「土焼の姉様」も　買うことはなかった　三人目の妻　やをが　やがて　やたを産むが　その顔を見ることもなく　一茶は死んだ

しかし「利休の祭り」「芭蕉の祭り」「土焼の姉様」は　生きている　さらに　生きていく

＊『広益国産考』

姨捨山——菊舎は登った

田上菊舎《きくしゃ》の芭蕉信仰には　狂気に近いものがあった

ばせを忌や思ひ出すさへ我ならず　菊舎
幸ひに笠脱ぐかげや芭蕉の日　同

芭蕉忌を待ちきれず　繰りあげて催した際の句　その「炉開」き
「口切」りのために　茶匙を削って　という念の入れ方であった

炉開や天の岩戸の玉がしは　菊舎
口切や小春にさくらおこしかな　同

女流とは思えない　スケールの大きさである「さくらおこし」は
菓子の名であるが「小春」と繫がって　はっとするような世界を
現出させる　桜が咲くのか　と一瞬　錯覚させられもする

菊舎は　一茶とほぼ同時期の女人　芭蕉を限りなく崇拝し　行動し
た　稀なる才媛
俳諧はもとより　茶の湯も宗匠格　他に和歌　漢詩　中国語　絵
書　七絃琴　いずれも趣味　嗜みを越えて　一流であった　まさに
スーパー・ウーマン　とでも言うしかない
繊細　優雅　かつ　豪胆　濶達　といった　相反するような性情を
持ち合わせ　それらの諸芸が　旅をし続ける　強靱な意志と行動力
を支えていた
『おくの細道』を　美濃から逆順で辿り　一部　『更科紀行』にも足
を踏み入れている　芭蕉は　姨捨山の麓を廻ったにすぎないのに
菊舎は　女ひとり　山に登った　それも　日暮れからである

俤《おもかげ》や姨ひとり泣く月の友　芭蕉

姨君をちからに更《か》へて月すずし　菊舎

菊舎は　山中に仮り寝して　嵐に遭い　遭難しかかっている「俄かに空はためき」　嵐がきて　山崩れも起こった　幸い　麓の百姓に助けられ　事なきはえたのだが――

菊舎は　なぜ　女ひとり　しかも夜　こんな冒険をしたのだろう

菊舎は　少しでも　ひとつでも　芭蕉を超えたい　と願っていた

しかし　それは「己が命も寸前に失はんと思ふ程」の　無謀な冒険であった　濶達も豪胆も　無謀と隣り合わせでは　危険この上ない　ましてや　女ひとりでは――

菊舎が　何より芭蕉に勝っていたのは　茶の湯であった　そもそも修業の心掛けが　違っていた　旅の頭陀には　常に茶具が入っていたし　山の頂上でさえ　茶事を催していた

また　萩に赴いては　句入り　名入りの萩茶碗を　作らせている

姿すずし昔を今に玉かしは　　　　一字庵（菊舎別号）

少し小ぶりで　疵割れは　丁寧に金繕《きんづくろ》いされており　長く愛用していたに違いない　筒形であるが「口作り」と「高台」が少し絞られており　全体が　丸みを帯びている
掌にのせてみたい　思いにかられる

掌に包みこんだら　俳人菊舎と茶人菊舎に　いっぺんに会える　そう　強く思われる

折からのしぐれ――多代女は翁像を祭った

前《さき》の老中主座　将軍補佐　松平定信は　致仕後　白河に帰藩して藩に　善政を尽くした
寛政十二年（一八〇〇）八月　定信は　領内巡検と飯坂温泉清遊の折　白河から飯坂へ　つまり『おくの細道』の一部を逆に辿っているが　芭蕉には　ほとんど興味を示していない
しかし　往きに一泊した鏡沼は　芭蕉の「影沼」の近くである　この大庄屋常松家は　多代女の父の生家　父寿綱は　常松家から須賀川の市原への　養子であった　両家の関係はごく親密で　定信が　常松家に宿泊した時　多代女は　その接待に奉仕した
飯坂から白河への帰りには　須賀川の市原本家にも寄っている　本

家は多代女の生家であり　当時は　長兄綱稠が継いでいた
多代女は　こう書いている　「我もこのかみのためにははきとり、羹《あつもの》を作り侍りし」[*1]
定信は　こう書いている　「（八月二十五日）けふは須賀川へ行きて望巒《らん》亭を見、郷学校を見、玉板製するを見、栗跡亭をみる。雨しばらくやむ」[*2]
「望巒亭」は　市原本家の名亭　名苑で　月見の名所として　広く知られていた　「名月」からは　十日すぎていたが——

名月や眼のとどくもの皆涼し　　多代女

芭蕉の　「此あたり目に見ゆるものみなすずし」　を踏まえての句作自体は　ずっと後のものだが　佳句と言っていいであろう
定信が歿したのは　文政十二年（一八二九）五月十三日　多代女　五十四歳　俳諧では　押しも押されぬ女流として　知られていた

ひよろひよろと暮れ残りけり女郎花　　多代女

私は　定信を悼みながらの多代女の自我像　と読んでいる　芭蕉の「ひよろひよろと尚露けしやをみなへし」を踏まえての句　歴然である　定信は　死ぬまでに　多代女が心をこめた羹や　つつましく捧げた一服の茶の記憶　ほそいうなじや白い衿足　白い指先などを　想起したことがあったであろうか

多代女は　三十代初めに俳諧入門　数年で頭角を現した
多代女は　何人かに師事　何人かに兄事したが　俳諧の精神と方法は　どこまでも芭蕉であった　ひたすらに　芭蕉であった

新たに別室に霊像を
うつし奉りて
折からのしぐれを聞くや板びさし　　多代女

この「霊像（芭蕉像）」は　近くに住む　京仕込みの仏師　吉田左門に依頼して作ったもので　多代女は　常に身辺に置いて　終世　わが俳諧の魂としていた　という　九十歳までも　詩情を保ちえたのは　この姿勢あってのことであろう

「晴霞庵」の隣りなりに　芭蕉堂（別室）よろしく新築し　そこに「霊像をうつし奉」ったときに　呼応したかのように「しぐれ」がきて　板びさしを叩いた「しぐれ・しぐるる」は　芭蕉の重要なライト・モチーフであった

多代女の芭蕉信仰で特筆されるのは「田植歌」碑の建立　それに呼応した多代女句　それは　呼応というよりは　交響である

風流の初めやおくの田植歌　芭蕉
ただ仰げ今に翁の田植歌　多代女

芭蕉の句から　すでに　二百年以上たっていた　それなのに多代女の「田植歌」は　さらに響く

我が国は今にむかしの田植歌　　多代女
うらやましまた先々も田植歌　　同

この執着が　巨大な句碑の建立となった　高さ二・五メートル　横一メートル　厚み三十センチ　全国に数ある「田植歌」碑のなかでも　群を抜いている　今　多代女の墓が　その脇にある（十念寺）

さらに多代女は　芭蕉句に挑むかのようにして　わが句境を深化展開した

赤々と日はつれなくも秋の風　　芭蕉
西山に日は赤々と秋の風　　多代女

世の人の見付けぬ花や軒の栗　芭蕉
それよりしてかくれなき名や軒の栗　多代女

今日ばかり人も年よれ初時雨　芭蕉
此のうへはまた年よらん初時雨　多代女

このような例は　数十　あるいは　百近いかも知れない

多代女は　三十一歳で寡婦となったが　出家などはしなかった　しかし　関心を持っていた　ふしはある

口切や座にうつくしき尼の君　多代女

これは　多代女が虚構した「尼の君」かも知れない　『おくの細道』の須賀川の条の虚構（田植歌句他）は　よく知られている　つまり「尼の君」は　多代女の虚構の自我像　とも読めそうなのである

芭蕉の詩心　精神と方法　多代女はそれに寄り添い　挑みつつ　自
らの俳諧の　自律と自立を果した

茶の湯の師は　特別にはいなかったようである　大庄屋や酒造業等
の旧家にあっては　必須の嗜みとして　日常的に茶があったからで
あろうか――

＊1　矢部榾郎編『たよ女全集』
＊2　松平定信『退閑雑記』後編三

高村山荘の炉と棚と窓（茶室の「下地窓」ふう）
（高村記念会パンフレットより）

V わが青春抄

生家——父のひとり茶会

私の生家は　福島県岩瀬郡白方村大字今泉字町内（現須賀川市）というところ　「白方」郷は　『和名抄』にもみえる古い土地である　奥羽山脈南端の山裾の村　それにしては　「白方」郷「今泉」ムラは　百戸近い大集落で　生家はそこの庄屋であった　江戸幕府の基盤は　〝庄屋じたて〟ともいわれるように　庄屋はなかなかの力を持っていた　らしい　後に天領となって　大官制が採られると　その地位も一族（マケ）で占めた

父は　明治二十年（一八八七）生まれ　六人兄姉の四男で末っ子　相続が屈折していて　末っ子の父が　家を継がされた　逓信講習所を出て　他所で勤めていたのだが　呼び戻されたのである　故に　家

業には　あまり身が入らなかったらしい
母は　東山《ひがしやま》（阿武隈山地）の麓の　傾いた造り酒屋の娘であった
縁あって父に嫁ぎ　その間に　私たち九人兄姉が生まれ　姉二人は
早逝　私は五男で末っ子であった
庄屋　旧家の資産等は　相続の屈折　その他あれこれの事情で　ほ
とんど失っていた　あったのは　大きすぎる母家　崩れかけた土蔵
ひとつ　旧家の格式ばかりであった
その中で　私たちは　貧しく育った

茶の湯は　江戸中期から市井に急激に広まり　奥羽山脈の山裾の村
にも入ってきた　母家は　その頃建てられた　間口十一間半　奥行
五間半という　今では信じられない大きさで　一部　書院造りふ
う　広間に付随して「囲《かこ》い」があった　貴人用玄関　日常の玄関
は　一間《いっけん》の大戸が二枚　一枚には潜《くぐ》り戸が　あたかも　茶室の躙り
口　のように付いていた
庭には　石組み　植栽がふんだんに採り入れられていて　前庭は

「外露地」ふう　裏庭は「内露地」ふうで　書院（上段の間と言ってい
た）に真向かっていた
三百年は越えるという　幹が空洞の紅梅　枝垂れ梅　枳殻　マルメ
ロ　伽羅《きゃら》など　普通屋敷には植えない木々も多く　泉水は廃れかけ
ていたが　形は　はっきり残っていた

父は　よく言えば風流人　文化人で　没落貴族よろしく　腐っても
鯛　の精神を矜持していて　よく　茶を点《た》てていた
客も相伴者もいない　ひとり茶会であった　内なる仏とともに　と
いえば恰好はいいが　それほどではなかった　と思う
ひとり茶会　とはすなわち「独服」　自分のために自分で点てて
自分で服する　仏とともにというよりは　自分自身と向きあう茶会
である
ひとり　黙って茶を点てていた父　背筋や手が　しゃんと伸びたり
傾いたり――　その所作の記憶は　今も鮮やかに蘇える　時に眼を
瞑り　宙を見つめたり　項垂れたり　その姿は美しかったが　父の

脳裡に去来していたものは　何であったろうか
自らの　命運に対するわだかまり　それは確かにあった　と思われた　決して望まなかった　家の相続　屈折した相続は　相続した者の精神も屈折させる　のであろうか

私は　今も日常に追われているが　この頃　ようやく　父のひとり茶会の心が　分かるようになった
父は　喜寿の祝いをして　間もなく死んだ

形見分けなど　何も望まなかったが　結果として　お茶壺道中のそれのような大きな茶壺　父の茶羽織がきた　私は　まだ　茶の湯に関心を持っていなかったが　今になって　ある因縁を　強く感じている

公立岩瀬病院隔離病棟――抹茶のおばさん

国民学校初等科（小学校）四年の夏だった　師範学校に行っていた兄が　赤痢をかかえて帰ってきた　即　隔離　入院させられた　夏休みどころではなくなった

看護は　家族が原則で　母は病弱だったから　父が病院に張りついた　食料　その他の品々を運ぶのが　私の仕事となった　米　野菜などの荷は重く　真夏の　十二キロメートルの道を　十歳の私が歩くのは　辛いばかりであった　その苦役は　二日か三日おきに続いた

兄は　未熟児のように生まれたらしく　生きられるかどうか　危ぶ

まれたという　姉二人が早逝　ということもあって　両親の兄への思い入れは　大変なものだった
私は　普通か　少し大きく生まれたようで　放置されて育った　それでも　ほぼ　順調に育ったこともあって　荷運びの牛馬よろしく使役されたわけである　その差別感は　今も苦々《にがにが》しい

病室は　兄と私より小さい少年　の二人部屋であった
救いは　その少年とのわずかな会話　優しく接してくれた　少年の母親だった　緑川さん　といった　私は「緑川のおばさん」と呼んだ
おばさんは　時に　控え室のようなところで　抹茶を振舞ってくれた　あの戦中の貧窮時　しかも隔離病棟で抹茶　などとは信じがたいことだが　そういう家や家族の生活もあることに　私は驚いた
夫君は　隣り町の　開業医だと聞いた

父は　かつて　茶を嗜んでいたから　緑川のおばさんと　ウマがあ

っていたようだ

――坊っちゃんも　どうぞ
と　私にも勧めてくれたが　そのことばの澄んだ響き　しぐさと優
雅さは　少年のボクを酔わせた
抹茶の緑と　緑川さんのミドリは　連動した　それを繋いでいるの
は　おばさんのふっくらした躰　白い手の　白い指先　メリハリの
決っている　美しい所作だった

色白で　赤痢に痩せた緑川少年は　眼ばかりがぎょろり　と輝いて
いた
おばさんは　少年には　甘味《かんみ》を少しつけてやっている　と言った
「甘味」ということばも　初めて聞いた　薩摩芋を煮つめて　など
とはわけが違う　こんな時期にも　ある所にはあったのである
茶のあとには　緑川少年のぎょろりとした眼も　少し優しくなっ

た　末っ子の私は　弟や妹がほしかったから　緑川少年を　勝手
に　弟のように思っていたが　彼は伝染病患者　いつも一定の距離
を　保っていなければならなかった
私が帰る時には　少年は　決って　眼をしばたかせた

年月は　半世紀以上流れた
緑川のおばさん　抹茶のおばさんは
あの緑川少年は
今　どうしているだろう

私も　時に　ひとり茶会を　嗜むようになった　その折り折り　そ
の思いが　私を横切る

須賀川──高校を出た町

須賀川は　馬の背の町　馬が北へ向かって頭を垂れている　だから
東西南北どこからでも　町へ入るには　かなり急な坂を登らねばな
らない　町の南端にある二つの一里塚　対《つい》で残っているのは　珍し
いらしい　例えれば　馬の尻の左右のもりあがり──
明治初期の産馬会社が　今も残っている　明治九年（一八七六）明
治天皇が行幸した　という会社　町では　自慢の一つとして語り継
いでいるが　行幸云々より　その建物を守り残してきたことの方
が　よほど貴重である

馬の横腹を撫でて　東に　阿武隈川　西に　釈迦堂川が流れ　馬の
首あたりで合流する　いずれも　ゆったりした流れだが　例外は

須賀川橋の近くで　垂直に切り立つ断崖　大岩壁の高さと幅広い長さ　この上に　公立岩瀬病院が建っている
も一つは　石河の滝（乙字ヶ滝）　芭蕉が愛でて　にわかに有名になったが『おくの細道』には　出てこない　『葱摺《しのぶずり》』に出ている

須賀川の駅より二里ばかりに、石河の滝といふ有よし。行きてみん事を思ひ催し侍れど、このごろの雨にみかさまさりて、河を渡る事かなはず、といひてやみければ、
五月雨は滝降りうづむみかさ哉　　ばせを

今は　日本のナイヤガラ　などという　俗っぽい呼び方もある

この滝の周辺からは　旧石器が出土するし　一帯には　古墳　横穴　磨崖仏などが多く　古来　文化レベル　高い所であったようだ
近世では　須賀川俳壇　亜欧堂田善の銅版画　名勝「牡丹園」
近代で特筆されるのは　公立岩瀬病院　であろうか　元は福島病院

といい　明治五年（一八七二）開設の　東北一古い病院である　医学校が併設されていて　まだ　医者だった　後の伯爵　後藤新平が医師兼舎監　であったこともある
この歴史と文化の町が　福島空港建設で　ズタズタにされてしまった「すべての道は空港へ」　よろしく　道路の拡張　変更　新設が優先し　何本もの道が　馬の背を傷つけて　横切った
これを推進した知事は　汚職で　失脚した

私は　この町で　高校を出た　中学を了えたら　宮大工に弟子入りするつもりでいたが　「高校ぐらいは」　という長兄の後押しで　高校へ行った　はずみのような恰好で　大学へも行った
隣りの郡山市に　安積《あさか》高校（元福島中学といい福島市にあった）という有名　な受験校（男子校）があったが　見向きもしなかったのは　賢明であった　高校は予備校ではないし　社会は男女で構成されている
須賀川高校というのは　町にあった商業学校　女学校　体育館に疎

開していたある工場が　そのまま機械科の母体となって　統合　設立された学校で　もちろん男女共学　それが自然　というものである
私は　そこの三回生　伝統は浅く　まだ　校風という程のものはなく　その代り　たっぷりの自由があった
クラブ活動は割に盛んで　体操や自転車（当時は珍しかった）が目立っていた　東京オリンピック陸上の　唯一のメダリスト　円谷幸吉は　たしか二年下で　今に語り草である
私は　受験勉強などはそっちのけ　文学部　弁論部　新聞部（委員会だったか）に　席を置くような　置かないような恰好で　コトバを武器のようにして　暴れ回っていた
文学部では短歌が盛んで　町自慢の名勝「牡丹園」で　花の盛りに吟行歌会をやっていた　私は　牡丹花などは詠まずに「たった一人の修学旅行」の体験を詠み　投じた

かの旅の　ともに掛けゐし　若き女の
　肌のぬくもりが　思ひ出となりぬ

あっさり「天」になった　ただ　この歌の主題と方法　をめぐって議論となり　質問責めにあった　果てには「若き女」を特定するような　バカバカしい話にもなった
この時　短歌は全情熱を注ぐようなものではない　ということが私の確信となった　詩と散文への　転向であった　私の「歌の分かれ」は　こうしてやってきた

歌会のあとに　ささやかな茶席が設けられた　点前は経験あるらしいお姉さん（OGや同級生）畏っていただいたが　苦《にが》かった　歌はもうどうでもよく　私はお姉さんたちの茶筅さばきや　あどけない妹たち（下級生）の仕草　ばかりを見ていた　歌のできばえより　みんな美しかった　お姉さんや妹たちには　あれこれ　胸はずませたり　悩まされたりしたが　この高校の三年間は　私の輝ける青春

であった

須賀川は　保主的な町だと思う　それだけに　時代に取り残されそう　ということもある　それゆえ　首都圏移転　福島空港建設などには　大いに力を入れたようである　「うつくしま　ふくしま　花博覧会」等には　積極協力　熱心だった

当然　努力して　文化や伝統を守る　気風気概はあった

叔母の一人は　和裁や茶の湯の　お師匠さんであった　大学生時に訪ねた時　お弟子さんたちに　三ツ指ついて挨拶され　面食らった　高校の同級生もかなりいて　その中に好意を寄せあっていた人がいて　返礼どころではなかった

あの三ツ指　細い指　白い指――　今も時々　目に浮かぶ

『おくの細道』と『花月草紙』——高校の国語

私が出た高校の国語科では　『おくの細道』と『花月草紙』をやるのが　通例のようであった　須賀川は　芭蕉が一週間以上留まり「田植歌」や「軒の栗」の名場面を書いた　『花月草紙』の松平定信は　一時　須賀川を領していたし　何度も訪れている　定信は　周知の敏腕　理想派の政治家　文人大名　大名茶人である

与えられた授業というのは　大体が面白くない

芭蕉に随行した曾良の日記が発見され　流布し始めていた頃で　私は古本屋で　これと　大田三郎『東奥紀聞』を購った　貧しい高校生には　高い買い物であったが　この二書は　私の人生を決めたかも知れない　『曾良日記』のお蔭で　『おくの細道』に興味を持った

『曾良日記』は面白かった　『おくの細道』本文には出てこない須賀川が多くあって　夢中になり　興奮もした　「本文には出てこない須賀川の発見」　それはすなわち　『おくの細道』の虚構の発見であった

また　芭蕉らが「石河滝（乙字ヶ滝）」まわりで辿りついた　守山《もりやま》宿《しゅく》も詳しかった　守山は　私の母の里で　「本実坊　善法寺　大元明王（田村神社）」等の寺社は　幼児期の朧ろな記憶にあった

伯母の一人は　田村神社の神官　遠藤氏に嫁いでいた　『曾良日記』に　田村神社が出てきたことで　一層　関心を深くした

『おくの細道』が　単なる紀行文ではなく　ふんだんに虚構を採り入れて　綿密に　構成　表出された作品　珠玉の短篇小説にも近い作品　ということが　その頃私のものとなった　後に　私はある大学で「俳諧研究」他の講座を担当したが　うち一つは『おくの細道』を読むことであった　当然　須賀川の条には力が入った

『曽良日記』と合わせ読むと　茶の席もうかびあがる　「四月廿四日」　新暦六月十一日の条

　主ノ田植。昼過ヨリ　可中庵ニテ　会有。会席　そば切。

「主」は　相楽等躬　「会」は俳諧興行　その後には　必ず茶の席それが　通例であった

『花月草紙』の授業も　面白くなかった　ただ　『東奥紀聞』には須賀川の芭蕉　市原多代女　松平定信らのことが　ふんだんに書かれていた　そのお蔭で　須賀川周辺の歴史や文化　風土や民俗　定信と須賀川の関係の深さなどを知り　定信にも　大いに関心を持った須賀川が　今に誇りにしている　亜欧堂田善の銅版画や絵画　市原多代女の俳諧も　定信に負うところが　大きい
『花月草紙』全六巻を　改めて読んでみたが　どこを　どう教わったのかなどは　まったく　思い出せない　ただ　中古の『枕草

子』中世の『徒然草』近世の『花月草紙』と　教条的に叩きこまれたことが　記憶に残っているばかりである　いずれも〝草〟がついていることを発見して　当時　妙な感心の仕方をしたことは思い出した「花・月」というのだから　冒頭の「花のこと」次の「月のこと」などは　確かに　教わったのであろう

　月のさしのぼるころ、明ぼのの空おぼえて、横雲のたなびきたるに、やゝ匂ひそめたれど、遠山の梢にいざよふ姿もみえず、からうじてさしのぼりけり。

これは『枕草子』のスタイル　そのものである
改めて注意されたのは　私の名前にかかわる「忠孝」「忠孝の論」「みやび」「漂泊の人」　とりわけ「かつみ」「茶のこと」などであった
定信は　数冊の茶書も書いているから「茶のこと」は　特に心して読んだ

「やんごとなき人　ありけり」と　物語ふうに書き出されて　壁に
掛けた利休画像から　利休が立ち現れて……と　なかなかの筆致で
あるが　結びの教訓は　読者に預けている

高校の国語で　ともかくも『おくの細道』と『花月草紙』にふれえ
たことは　今となって　確かに貴重な体験だった　と思う
「古典文学は縦のつながりで　現代文学は横のつながりで読め」と
いうのは　確か　高木市之助の言であったが　古典も　縦　横に読
むことの大切さは　自明である
私は　『おくの細道』も『花月草紙』も　そう読むことで　国文学専
攻者になった　のかも知れないと思う　また　二書の　茶の湯との
関係を発見したことが　私の今に繋がっていることは　間違いなさ
そうである

たった一人の修学旅行——高村光太郎の山荘

高校二年の時だった　画家志望だったので　『美術手帖』なども見ていた　その年の十二月号に　土方定一「高村光太郎訪問」があった　詩集『典型』を読んだ直後だったので　夢中で読んだ　定一撮影の写真一葉　池田克己撮影が三葉　いずれも珍しい写真で　それらに定一の　とぼけた味の文章がついていて　光太郎の山荘生活を　興味深く伝えていた
私は　改めて『典型』を読み返し　「序」「雪白く積めり」「暗愚小伝」「田園小詩」などに　熱い感動と共感を覚えた
『道程』や『智恵子抄』とは　確かに違う光太郎が　そこにいた
光太郎山荘を訪ねよう　そして会うことができれば　自分の将来へ

の　何かがえられる　と信じた　そしてすぐ　その決行を決め　戦略をたて　戦術を練った
私の高校では　二年の終わり　つまり春休みに　四泊五日だかで京都　奈良への修学旅行が慣例で　一年時から費用を積み立てていた　その旅行に参加せず　費用を払い戻せば　予算　日数とも　十分ある
光太郎山荘へ行き　光太郎に会う「たった一人の修学旅行」に私の心は　激しく踊った

須賀川から北へ　約五百キロ　須賀川駅を夜行で発つと　花巻でしらじらと夜が明けた　三月の花巻は　まだまだ寒い　寒いのは覚悟で来たし　光太郎山荘へ　光太郎に会える　と思うだけで　辛抱できた
駅前から　鉛湯泉行き（だかの）路面電車のような軌道車に乗った
——ああ　これは　賢治の銀河鉄道だ
と思うと　にわかにさまざまの思いが湧いて　寒さを忘れた

がたんごとん　かっかっか
がたんごとん　かっかっか
「銀河鉄道」は　動きだした　乗客は私ひとり　急に寒気がしたのは　山荘に辿りつけるだろうか　光太郎に会えるだろうか　の不安に襲われたからだ　童話ではない現実に　身がこわばった

ふたつぜき　とかいう駅で降りると　あとは歩くしかなかった　凍っている路面　あたりは一面の雪　頰を刺す空気の凜冽も　不愉快ではなかった　わが意志ひとつで来たのだ　それが快かった

山口小学校からは　凍てついた雪を　何度も踏み抜きながら　「雪白く積めり」を　反芻しながら進んだ　難儀というより喜びだった

雪白く積めり。
雪林間の路をうづめて平かなり。
ふめば膝を没して更にふかく
その雪うすら日をあびて燐光を発す。

山荘に辿りつき　来意を告げると「ほう　ほう」と　合の手のようなことばで　招じ入れてくれた　光太郎の風貌　山荘内の様子は「美術手帖」の写真通りであったが　その人とそこらにある物が物凄い迫力で　私を圧倒した　私は　その人　その物に呑みこまれ　ことばが出なかった　然るべきメモも作ってきたのだが　それは　何の役にも立たなかった　茫然　茫然　また茫然であった

勧められて　炉に近いかまちに掛け　深呼吸して　ようやく我を取り戻し　その人に　最上の敬意を払い　周りを観察する余裕も出た　自在かぎに吊るされた　煤けた大きな鉄びん　正面は水屋　左の棚にわずかの道具　簡素そのもの　向きを変えると　右の壁が一部　ほぼ正方形に塗り残され　コマイが　そのまま見える　まさに茶室の「下地窓」である　明かり取り　風の通り道　まだ冬の寒さの続きだから　さすがに外から茅で塞がれていたが　茶室の知恵かと思われた

光太郎は　この小舎を作る前　花巻で　設計図を描いていた　四間

×三間　床の間を挟んで　両側に棚　外に「ヌレ縁　月見台」　これはまさに「庵」　茶室といっていい　また　「畳を用ゐず、ねるには藁蒲団を用ゐる」　とも書きこんでいる＊

どれほどの時間であったろう　光太郎は手製の「茶台」を前に胡座《あぐら》　膝に置いた大きな手が　私を圧していた　会話にはならなかった　ただ「あなたのことは忘れない。こんな寒さの中、ここまで一人で来た高校生」　といわれたことは覚えている　嬉しかった
私は　どんな挨拶をして辞したかも　覚えていない　先に来た道を辿り返して　山口小学校をすぎると　山荘は見えなくなった
私は　振り返り振り返り　これまでの情況を　すべて　自らの記憶に　しかと　刻みこんだ

コンベアよろしき修学旅行で　京都　奈良などに行かなくて　本当によかった　私は　寒さの中　不安をかかえながらも　自己革命を果した「たった一人の修学旅行」に満足　陶酔しきって帰った

今は　「高村山荘」という大きな看板が立ち　小舎は　二重の鞘堂
で守られている　「雪白く積めり」の詩碑が建ち　高村記念館も建
っている　見学者のために　散策路が設けられ　「智恵子展望台」
「智恵子の泉」などというものまである　整えられすぎて　光太郎
の〝自己流謫《るたく》〟精神も　「一つの愚劣の典型。／典型を容れる山の
小屋」と　光太郎が　自ら定義した「小屋」も　見えない
私の「たった一人の修学旅行」は　ますます　輝きを増してきてい
る

＊新潮日本文学アルバム８『高村光太郎』

あとがき

本集は、先の『南海の列島弧異聞』（二〇・十二）と同時に刊行の予定であった。それが書痙で文字が書けなくて、前後することになった。本集の原稿は二月十五日、出版社に入れた。

それから二十四日目に、東北・関東太平洋岸の大地震、大津波、福島第一原発の大事故（今も放射能、放出中）が起きた。大天災と大人災、福島はフクシマとして世界から注目されている。

「ふるさとは、地震に津波に、放射能」（「現代詩手帖」一一年五月号）に書いたように、私の郷里は福島県の須賀川である。原発のある海岸から六十キロほど内陸に入った所であるから、津波は来なかったが地震は容赦なかった。地割れ、陥没、崩落、倒壊、人造湖の決壊、そこへ放射能の追い打ちである。未曾有の、深刻な大災害である。

この状況、精神的ショックの中で、茶道史云々などと言っていていいのかと、本詩集の出版はためらわれた。しかし、すでに原稿は私の手元を離れていたし、私が『南海の列島弧異聞』と共に長く温めてきたテーマであるから、本詩集の刊行を果たさなければ、災害の現実、精神的ショックから立ちあがれないと考え、刊行に踏み切った。

詩そのもの、詩人の役割も根底から問い直されなければなるまい。それは、文化、文明の根である「ことばの力」を信じることから始まるはずである。わが国の近・現代詩は、あまりに西洋の毒を飲みすぎた。詩にかかわる者は、ここで改めて日本語の根の根、底の底から、その力を信じて立ちあがるべきなのではないか、と思う。古めかしい国粋主義を振りかざすのではない。その一つは〝カタリ〟の力だと思う。その考えから現在、ノートを続けている。ここから作品化が果たされれば、それは次の詩集に、ということになりそうである。「あとがき」としては破格になってしまった。

今回も思潮社のご高配に預かった。小田久郎氏、藤井一乃さん、出本喬巳さんはじめ、関係各位に感謝申しあげる。

お読み下さる方々には、心こめて挨拶を申しあげます。

二〇一一年　八朔に

深澤忠孝

深澤忠孝（ふかさわ・ただたか）

一九三四（昭九）年、福島県岩瀬郡白方村今泉（現・須賀川市）に生まれる。須賀川高から東京学芸大を経て、早大第一文学部（国文学専修）卒。教員のあと都職員、都立研究所員などとなる。職歴の最後は、神奈川大教員。

所属等　日本現代詩人会、日本ペンクラブ、草野心平研究会（代表）、個人誌「久延毘古《くえびこ》」を持つ。

主な詩集　『熔岩台地』（思潮社、一九六八）
『妣《はは》の國《くに》』（地球社、七四）
『南海の列島弧異聞』（思潮社、二〇一〇）

主な著・編書
『詩人草野心平の世界』（福島中央テレビ、七八）
『草野心平研究序説』（教育出版センター、八四）

『げんげと蛙』（同右、八四、後、銀の鈴社、二〇一一）
『田中冬二全集』（筑摩書房、八四～八五）
『田中冬二詩集』（思潮社、八八）
『安西均全詩集』（花神社、九七）
「戦後詩史年表・一九四五～一九九九」（『資料・現代の詩』角川書店、〇一）
「現代詩戦後60年年表」（『現代詩手帖特集版・戦後60年「詩と批評」総展望』思潮社、〇五・九）
『米田栄作詩集』（土曜美術社出版販売、〇六）
『草野心平研究』一～十四（草野心平研究会、八九～二〇一一　継続中）

茶道史異聞《さどうしいぶん》

著者
深澤忠孝《ふかさわただたか》
発行者
小田久郎
発行所
株式会社思潮社
〒一六二—〇八四二　東京都新宿区市谷砂土原町三—十五
電話〇三（三二六七）八一五三（営業）・八一四一（編集）
ＦＡＸ〇三（三二六七）八一四二
印刷
三報社印刷株式会社
製本
誠製本株式会社
発行日
二〇一一年十月三十一日